D'APRÈS LE ROMAN DE CAROLE TRÉBOR

LUMIÈRE

T. 1/2 LE VOYAGE DE SVETLANA

LYLIAN ✦ SANOE

VENTS D'OUEST

DÉCOUVRE LE ROMAN
PARU AUX ÉDITIONS
—— RAGEOT ——

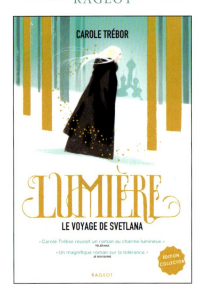

Tout le catalogue est à retrouver sur :
www.rageot.fr

© 2021, Éditions Rageot

© 2022, Éditions Glénat / Vents d'Ouest
Couvent Sainte-Cécile
37 rue Servan - 38000 Grenoble

Tous droits réservés pour tous pays.
Dépôt légal : mars 2022
ISBN : 978-2-7493-0952-1 / 001
Achevé d'imprimer en Belgique en mars 2022 par Delabie S. A.,
sur papier provenant de forêts gérées de manière durable.

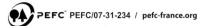

SLAP!

Ode à l'Enfance, Svetlana
Par Jeanne

D'un temple d'obscurantisme, telle une fulgurance,
tu as surgi dans ma vie, telle une renaissance,
En vain, je chercherai des causes, des raisonnements,
T'accueillir est le plus beau des présents.

Tu éveilles en moi des instincts maternels,
Des sentiments nouveaux et pourtant éternels,
Là, de cette tragédie, commence mon amour,
Là, dans ce long périple, je t'adopte pour toujours.

Je n'oublie pas le drame, subi par tes parents,
La promesse qu'un jour, pour toi, il sera temps,
De repartir vers eux, eux qui t'aiment tellement

N'OUBLIE PAS... LA PROMESSE...

IL SERA TEMPS... DE REPARTIR VERS EUX... EUX QUI T'AIMENT TELLEMENT.

OH, MAMAN.

TOI QUI M'AS APPRIS À LIRE, À ÉCRIRE, À ÉCOUTER, À RAISONNER, TU AS FAIT DE MOI CE QUE JE SUIS.

QUEL MESSAGE CACHÉ VEUX-TU QUE JE COMPRENNE ?

POURQUOI M'AS-TU LAISSÉE ?

TOI QUI M'AS FORCÉE À APPRENDRE LE RUSSE POUR GARDER UN LIEN AVEC MES ORIGINES.

DIS-LE-MOI.

ELLE S'APPELLE SVETLANA. EN FRANÇAIS, CELA PEUT ÊTRE TRADUIT PAR LUMIÈRE.

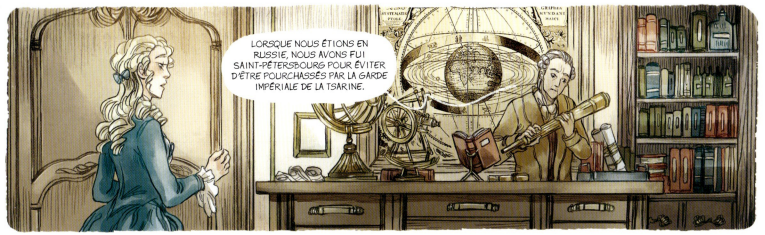

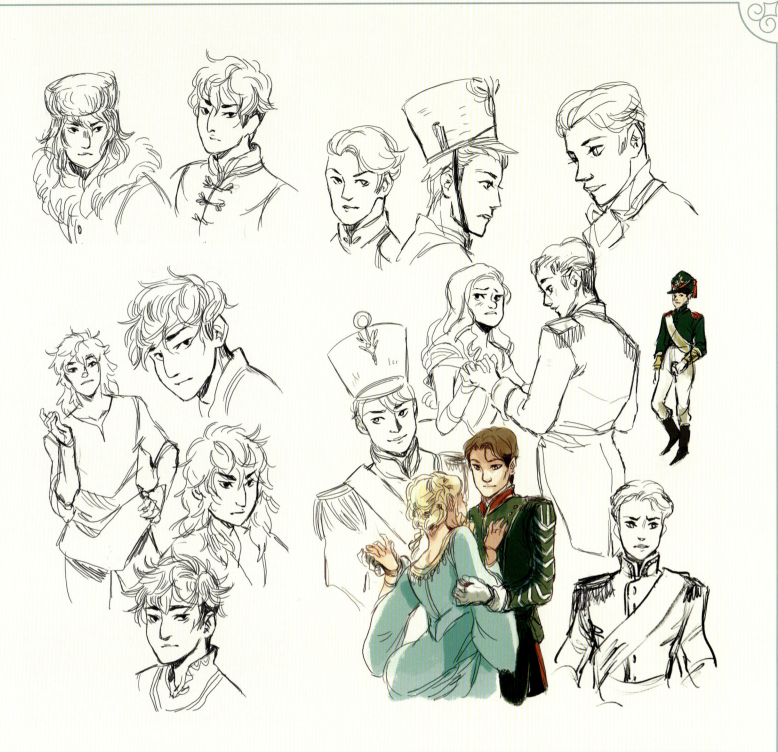

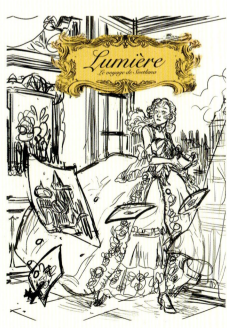